牟廣豐詩

〔二集〕

牟广丰 著

人民东方出版传媒
東方出版社

编者的话

本书收集了作者牟广丰先生旧体诗词三百余首。作者出生于二十世纪五十年代，经历了六十多年来几乎所有的政治运动和社会变革。作者的父亲是我国著名诗人和革命家牟宜之先生，其诗歌创作在中国当代诗坛占有重要位置。二〇〇九年，在牟宜之先生百年诞辰之际，人民出版社出版了《牟宜之诗》。首次印刷的五千册不到三个月便销售一空，又加印六千册。作为一部古体诗集，发行能够突破万册，实属不易。

牟广丰先生从小受其父亲的影响，喜好古

体诗词，在学龄前就能背诵上千首唐诗宋词。多年的耳濡目染，再加上长达十二年的北大荒生活，使牟广丰积累了丰富的人文素养和诗词创作功底。花草树木、雨雪冰霜、四时节气、岁月年华、山川景物、风土人情皆能入诗，并以诗的形式悟出人生哲理。牟广丰的旧体诗词，语言流畅、含典不露、通俗易懂、气度不凡，吟诵起来朗朗上口，具有一定的审美价值，对年轻人学习古体诗词，具有一定的参考意义。

序　诗为心声，父志子承 / 钟沛璋

八年前，正值牟宜之同志诞辰百年之际，我有幸应邀参加了在人民大会堂召开的《牟宜之诗》出版座谈会，并在会上做了发言，表达了对牟宜之同志光辉一生的敬仰与怀念之情，同时也抒怀了对宜之同志诗作思想内容和艺术造诣的赞誉之意。

宜之同志是对中国独立解放和建设事业做出重要贡献的老同志，也是二十世纪中国诗坛上的重要诗人。

前几天，宜之同志的小儿子牟广丰给我送来他自己即将出版的系列旧体诗集，每集大约三百首。创作时间是从二〇〇八年到二〇一七年。

广丰同志是二〇〇六年五十一岁时才开始

写古体诗的。创作历史不过十年，但他厚积而薄发，共写了四千五百多首，平均每天不止一首，用他的话来说，是用诗体来记日记——将当天发生的重要事件以及他的感怀用诗歌的形式记录下来。这就是一件非常有意思的事情了。比如二〇〇八年，他在四川抗震救灾中度过端午时写道：“愁云惨淡过端阳，罹难同胞举国殇。地裂山崩哭日月，救灾抗震慕忠良。于今抢险堰塞水，昔往悲投汨罗江。怨愤满怀何以释，雄黄粽米岂闻香？”当时的场景和心境都表达得淋漓尽致。

广丰同志长期在国家环保部工作，为其服务了三十三年，如今已经退休。他的诗作中，有这么一首：“解甲还乡岂有田？一枝秃笔点江山。风云纵览六十载，宦海沉浮廿五年。鄙视争权离案牍，关心疾苦访民间。清风两袖存何物？握瑾怀瑜仰圣贤。”从这首诗中，我似乎看到其父遗风！

广丰同志是宜之同志幼子，从两岁牙牙学

语时就跟随被打成右派赋闲在家的父亲学习“三百千千之学”，到上小学已能背诵唐诗宋词一千余首，一些经典古文也是倒背如流。

广丰同志五十多岁时曾以外人的身份参加一个雅集，面对众多大腕儿，他一气呵成、声情并茂、抑扬顿挫地背诵《全唐诗》七言歌行中最长的一首《秦妇吟》，文字大约是《长恨歌》的两倍，朗诵了足足半个小时，让那些所谓泰斗级表演家瞠目结舌，一时传为佳话。

广丰同志诗词感时伤世的内容颇为抢眼，写端午节怀屈原的有几十首之多，写四时节令，尤其是惜春悲秋的也不在少数。请看这首《乙未悲秋之二》：“少陵秋兴我秋悲，凛冽秋风狂劲吹。秃干残枝垂满地，枯藤败叶聚成堆。雾霾不散雨加雪，尾气结凝土带灰。最是京城难过季，肃杀萧瑟欲何为？”这不是无病呻吟，因为他从小随父入另册，从十一岁到二十三岁在北大荒寒苦之地，在劳动改造中度过了青少年时代。谁能相信他是童工出身，十四岁参加劳动，当过力工、钳工。十二年的冰天雪地、凄风苦雨生涯为他以后的诗歌创作积累了丰富素材，也为其沉郁顿挫的诗风定下了基调。

广丰同志的诗继承了其父的风格。尽管他“文革”之后考上大学，分配到国家机关，从科员干到司长，在司长的岗位一干二十五年，他的诗，却始终忧国忧民，愤世嫉俗，绝对不与邪恶同流合污！最后，我想用广丰同志退休前写的一首诗来结束这篇小序：“不是诗人也写诗，呕心沥血铸新词。趋炎附势浑不会，傲岸清高孤且痴。常念贾屈追骚赋，哼吟李杜累明时。无才岂敢学名士，野老荒村傍故知。”

从宜之同志到广丰同志两代诗人，我领悟到：诗为心声，父志子承。

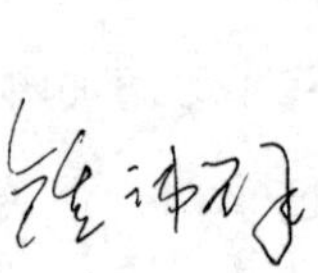

二〇一七年一月十六日

目录

二〇〇九年　二十四首

二〇一〇年　五十八首

二〇一一年　二十一首

二〇一三年　三十六首

二〇一五年　二十八首

二〇一六年　一十四首

二〇一七年　一十三首

二〇〇七年　五首

岁月无痕

二〇〇七年二月二十二日　北京

休向秋波哭逝川，
几回寻梦入愁眠。
人生有意情难了，
岁月无痕鬓已斑。
白云身外随苍狗，
瀚海胸中接碧天。
忘却心头名利事，
方知处处是桃源。

丁亥端午之二

二〇〇七年六月二十日　意大利

泪罗千载仰高风，
屈子沉江谏未终。
国士无双天下祭，
黎元有念楚湘灵。
漂泊域外心胸系，
流落他乡肝胆情。
荷叶龙舟抒未尽，
大夫身影现萍踪。

咏张居正

二〇〇七年九月十九日　北京

绝代名臣千古传，
匡扶济困在危年。
刚强儒雅百官敬，
济世安邦一寸鞭。
循吏清流双畏惧，
边庭社稷两平安。
荣华尽享盖棺变，
死后削爵又贬官。

丁亥中秋感怀[1]之一

二〇〇七年九月二十四日　北京

天高气爽近中秋，
云淡风轻水自流。
碌碌庸庸节已过，
金金灿灿谷将熟。
平安无病常欢乐，
惬意多朋少怨尤。
对酒当歌观满月，
吟诗作赋上危楼。

1　是年中秋，粮丰谷熟；与友观月，步上高楼；诗情忽起，故吟此诗。

丁亥中秋感怀之二

二〇〇七年十月一日　北京

平生意气几相知，
读罢诗经吟楚辞。
昨日临风修旧句，
今宵望月咏新诗。
轻霜打叶稍嫌早，
凉雨滴桐不厌迟。
草木凋零秋色近，
汨罗仙露润灵芝。

二〇〇八年　三首

欣闻清秋子兄又有大作问世而作

二〇〇八年六月十日　北京

十年磨砺见情真，
岂料著书已等身。
京畿残枝熬腊月，
海南枯树喜逢春。
今朝称赞清秋子，
古道传承孔圣人。
流水行云抒未尽，
临窗掩卷正黄昏。

五十三岁生日自勉[1]

二〇〇八年八月五日　郑州

无势无财不畏穷，
有德有道慕精英。
一生傲岸追豪客，
半世飘零羡醉翁。
万里长河持剑立，
千层风浪踏沙行。
名节操守千钧重，
握瑾怀瑜重晚情。

1　本人生日出差在外，是年已满 53 岁，年过半百，终日奔波，故吟此诗。

北大荒秋情

二〇〇八年九月十八日　鸡西

秋风秋雨泛秋光，
秋日秋游北大荒。
秋色尽涂兴安岭，
秋波荡漾松花江。
无边秋野金灿灿，
无际秋实粒粒香。
春种秋收皆汗水，
耕耘稼穑事农桑。

二〇〇九年　二十四首

呼唤甘霖

二〇〇九年二月八日　北京

无水花枝绽即衰，
精心浇灌亦难开。
高寒霜雪无光照，
阴暗潮湿有雾霾。
土地贫瘠少养料，
萌芽瘦弱染菌苔。
何当甘露从天降，
久旱禾苗雨后栽。

贺《南方周末》创刊25周年之一

二〇〇九年六月二十七日　上海

报出百粤羊城地，
生面别开惊九州。
道义担当承万载，
良知呼唤二十秋。
怒揭贪腐批群丑，
情系苍生溢暖流。
正气罡风涤乱世，
心扉欣慰颂南周。

清宫秘史之三

二〇〇九年七月一日　北京

三面环湖一面桥，
萧墙深院锁云霄。
太和殿里虎狼叫，
储秀宫中鹰犬嚎。
谬策频出百姓苦，
良知泯灭巨贪骄。
清廷利益岂容动？
钵满缸盈是圣朝。

读某刊有感

二〇〇九年七月二十日　北京

一卷心扉读汉箴，
百年硕果仅留存。
谎言谬误无容地，
灼见真知有妙文。
权力官商化粪土，
如烟往事带微痕。
匹夫自有兴亡志，
寒士清晖照后人。

咏铁城诗文镌刻

二〇〇九年八月三日　北京

两月艰辛汗水飞，
劳思书写笔勤挥。
方知渐老犹心壮，
已觉今是而昨非。
十载中原怀和璧，
一朝边塞矗双碑[1]。
先民遗有流人地，
狂草诗文映璧辉。

1　指在齐齐哈尔昂昂溪，古文化遗址诗碑和家父松林诗碑。

春秋笔法

二〇〇九年九月二十三日　北京

春秋旧事董狐笔，
真相纪实太史公。
重大事情求慎解，
末枝细节探新踪。
雄文醒世经豪雨，
力作慰民沐晓风。
时代烟云酋劲走，
长留青史卷宗中。

柏林墙倒塌

二〇〇九年九月二十四日　北京

一堵城墙一座山，
重压心中四十年。
同胞骨肉咫方近，
隔世恍惚不忍看。
无数家庭被拆散，
几多夫妇盼团圆。
伴随霹雳春雷响，
墙倒柏林万众欢。

电视飞天奖现场观感打油

二〇〇九年九月二十八日　北京

电视颁发奖飞天，
一群大腕互相怜。
清清喉咙哼俗曲，
扭扭腰肢赚大钱。
这次奖杯你领走，
下回人情我来还。
反正就咱哥几个，
自娱自乐屏幕间。

题风入松书屋

二〇〇九年十一月五日　北京

清华海淀风入松，
韵味格局各不同。
广阔书源多上品，
氛围典雅善经营。
尺方之内勤博览，
今古晓通获启蒙。
击荡愚蛮开智后，
泛舟学海亦从容。

哭老舍

二〇〇九年十二月三日　北京

文坛巨匠是旗人，
京味十足功底深。
四世同堂浮世绘，
龙须沟壑孕蝇蚊。
月牙一抹深深巷，
茶馆满棚句句真。
和顺也难逃厄运，
太平湖水溺冤魂。

题鲁迅

二〇〇九年十二月四日　北京

绍兴岂止出师爷，
山水奇葩育怪人。
寓意精深著短赋，
笔锋犀利撰杂文。
润哥阿Q祥林嫂，
呐喊彷徨野草吟。
入木三分揭丑陋，
中年伤逝断国魂。

咏近代史

二〇〇九年十二月八日　北京

神学经院泛流行，
黑暗无边漫教庭。
文艺复兴人性显，
启蒙思想净心灵。
改革宗教与时进，
工业腾飞科技兴。
平等自由博爱俱，
人间正道是文明。

边缘处境

二〇〇九年十二月八日　北京

一觉迷蒙一觉催，
边缘处境意多违。
平平静静时光度，
踏踏实实道路归。
子孝妻贤君子乐，
友多情厚仕途非。
漫观悲喜人间剧，
留命桑田第几回？

清净无为

二〇〇九年十二月十日　北京

一花一草一浮屠，
一拜一瞻一信徒。
万物生灵皆有性，
千年造化本无辜。
平生最讲真与善，
半世遵崇道或儒。
气顺心平少诱惑，
怡情山水寄江湖。

悼纪康

二〇〇九年十二月十三日　北京

中年早逝刘纪康，
父辈相交在一堂。
酬唱诗歌饶有趣，
词联答和俱文章。
当年茶饮洛杉矶，
去岁分别黄寺旁。
短信手机时访问，
谁知永诀令心伤！

悼杨宪益先生

二〇〇九年十二月十五日　北京

阅尽沧桑老寿童，
未容谋面已先行。
抽烟喝酒家常事，
译著吟诗未了情。
通晓古今堪巨匠，
中西合璧享佳名。
全球赏阅石头记，
宝黛悲情举世惊。

老树残枝

二〇〇九年十二月十七日　北京

韶华一逝近秋痕，
流水无情枉送春。
把住夕阳留晚照，
且将日落映黄昏。
人间冷暖寻常事，
万物枯荣往复真。
老树残枝霜雪历，
回眸花蕊溢芳芬。

圣诞有感

二〇〇九年十二月二十四日　北京

恭逢圣诞乐融融，
户户浓妆暖意生。
红袄寿星笑朗朗，
银灯枞树立亭亭。
雪橇奔鹿载玩伴，
礼物神靴记友情。
围坐壁炉炭火旺，
五洲之内尽亲朋。

与君同乐

二〇〇九年十二月二十五日　北京

与君同乐慰平生，
共济时光赤县行。
东赴泰山赏岱庙，
西游华岳谒黄陵。
南奔湖广潇湘泛，
北上松辽冰雪莹。
酬唱诗歌情义诉，
八仙过海在蓬瀛。

美国某大学校园

二〇〇九年十二月二十六日　北京

小镇清幽似画图，
民风纯朴人之初。
树林葱郁原生态，
河水纵横汇沼湖。
历史悠长多古迹，
校园宁静唯读书。
仙居世外勤发奋，
培育英才哺幼雏。

游惠州西湖

二〇〇九年十二月二十八日　惠州

惠城环绕秀西湖，
塔影双亭水上铺。
丰渚新园念孝子，
荷花残雨败菖蒲。
苏公垂钓放生处，
花落紫荆波下浮。
我自踌躇不忍去，
六如亭畔建穷庐。

诗解戴望舒《雨巷》

二〇〇九年十二月二十九日　北京

寂寥雨巷亦空蒙，
倩影如风飘逸行。
油伞半张缓缓动，
丁香吐郁徐徐浓。
巧逢街口擦肩过，
邂逅窗前笑脸盈。
眉眼含羞长发秀，
唯留淡淡相思情。

诗解朱自清《背影》

二〇〇九年十二月三十日　北京

翻跃站台留背影，
身躯肥胖且徐行。
麻织蓝布棉袍冷，
视线模糊眼泪盈。
话语叮咛心意切，
纸包橘蜜暖流生。
少年稚嫩不更事，
谁念殷殷舐犊情？

诗解徐志摩《再别康桥》

二〇〇九年十二月三十一日　北京

画意诗情叹旧痕，
康桥不再久无闻。
夕阳西下留残照，
河畔寻芳觅丽人。
愿作校园千株柳，
不为巫山一片云。
落花有意香尘尽，
流水无情枉送春！

二〇一〇年　五十八首

咏诸葛亮

二〇一〇年一月二日　北京

布衣一介出琅玡，
避世南阳野老家。
纬地经天绝赤县，
文韬武略冠中华。
匡扶汉室三足立，
困据益州人马乏。
呖血呕心劫数尽，
回天无力泪如麻。

《桨声灯影里的秦淮河》有感

二〇一〇年一月三日　北京

桨声灯影秦淮河，
朱自清和俞平伯。
名士风流本浪漫，
时光美妙任消磨。
六朝风韵依稀在，
红粉知音逸事多。
聊寄情怀抒雅兴，
诗文酬唱乐如何？

诗解《廊桥遗梦》

二〇一〇年一月五日　北京

两夜三天胜百年，
廊桥遗梦渺如烟。
心怀激荡真情放，
灵肉交织遍体鲜。
小镇酒吧犹尽兴，
雨中车内了姻缘。
今生难共来生聚，
泪眼迷蒙已惘然。

海地地震

二〇一〇年一月十八日　北京

山崩地裂震灾袭，
房倒屋倾成废墟。
瓦砾堆中寻幸者，
街头广场垛尸躯。
救援队伍勤搜救，
医护人员忙治医。
海地有难世界助，
时艰共克度危机。

赞先贤

二〇一〇年二月一日　北京

拯救困危于倒悬，
从戎奋起济时艰。
扶桑东渡伤春色，
赤县西归悲玉颜。
敌后驱顽功业伟，
前方鏖战铁衣寒。
子侄欲问先贤事，
壮志凌云霄汉间。

赞千家驹

二〇一〇年二月二日　北京

骅骝良骥千家驹，

鸣啸长嘶自奋蹄。

歧路回归知善恶，

迷津渡后认东西。

庙堂泪落惊人语，

江湖血泣子规啼。

飘零晚岁徒呼号，

孤绝叶落情依依。

哭翦伯赞

二〇一〇年二月三日　北京

笔战征伐勇万夫，

天山弟子返湘湖。

通今博古堪学者，

据典引经似大儒。

广阅马经评历史，

徒遭暴虐著遗书。

夫妻自殒铭心志，

掩卷凭栏当痛哭！

阳光普照

二〇一〇年二月六日　北京

阳光一抹耀春秋，
雨露轻风润九州。
历史发掘真面目，
人文探索见深幽。
纵横万里寰球事，
上下千年社稷愁。
高尚情怀勤灌注，
实为民主拓荒牛。

虎年虎龙联句

二〇一〇年二月二十日　北京

龙吟虎啸唤新春，
虎胆龙威精气神。
虎踞龙盘豪迈起，
生龙活虎底功深。
藏龙卧虎钟灵秀，
虎种龙裔血性真。
虎穴龙潭常进入，
龙腾虎跃报亲人。

沙尘暴

二〇一〇年二月二十三日　北京

迷雾阴霾二月春，
京城无雨降沙尘。
土腥空气人蒙脸，
昏暗阳光日晦曛。
路面飞扬皆细沫，
楼房灰褐如幽魂。
呼吸费劲气难喘，
世界名都岂陆沉？

双五自嘲

二〇一〇年三月二日　北京

半世飘零一瞬间，
回眸一笑总超然。
历经磨难志存久，
遭际辛酸心更宽。
老骥伏枥任重远，
枯枝长叶嫩芽鲜。
喜闻儿女围膝绕，
又起征帆度晚年。

东南西北风

二〇一〇年三月十二日　北京

世界金融早雪崩，
中国经济又回升。
一枝独秀争相艳，
万马齐奔俱跃腾。
钢铁产能超美日，
煤油消费赛欧盟。
泱泱华夏终崛起，
不晓东南西北风。

养生

二〇一〇年三月十九日　北京

惜气存精更养神，
悠闲散淡勿劳心。
食唯丰饱无兼味，
酒至三分莫过频。
每把戏言多取笑，
常含乐意少生嗔。
炎凉变诈都休问，
任我逍遥度百春。

闻矿难心惊

二〇一〇年三月二十九日　北京

井下矿工亦可怜，
天天都过鬼门关。
今朝透水身遭困，
明日塌方命又悬。
老板剥削榨血汗，
有司乏力保平安。
养家糊口舍生死，
祈盼无恙快返还。

闻部分矿难工友获救

二〇一〇年四月六日　北京

求生欲望迫无穷，
八夜八天竞苦撑。
与死拼搏舍昼夜，
求生管道已凿通。
饮浆食木脉搏续，
夺秒争分建巨功。
期盼抑悲传喜讯，
喜极而泣泪花盈！

观《钦差大臣》

二〇一〇年四月十七日　北京

内地小城闹逸闻，
忽传今日来钦臣。
群官慌乱怕穿底，
市长溜拍贿碎银。
浪子荡游惯诈骗，
佳媛媚贵动春心。
一方百丑真相显，
讽喻精深贯古今。

结业赠诸学友

二〇一〇年五月一日　北京

乍暖还寒了却春，
学苑漫步养精神。
思潮似涌同奔马，
妙语如珠会众人。
心道贯通天地阔，
灵魂沐浴日轮新。
宦游不忘黎元苦，
埋首耕耘且耐贫。

哭淳厚长者离世之一

二〇一〇年五月九日　北京

远见卓识铭记深，
慎思明辨长精神。
音容笑貌栩栩在，
身教言传历历真。
一世追求标准握，
终生奋斗壮心存。
叮咛探视关怀切，
噩耗惊闻泪满襟。

诗本事

二〇一〇年五月二十二日　北京

荤段打油二者间，
心结块垒总难眠。
四行八句抒胸臆，
短调长歌吐诤言。
热讽冷嘲当下事，
伤今怀古旧时篇。
良知固守维民利，
作赋吟诗独自怜。

成王败寇

二〇一〇年五月二十六日　北京

历史纷繁一梦中，
沉浮荣辱几殊同。
舜发陇亩勤耕作，
禹治江河屡立功。
项羽英豪刎垓下，
刘邦无赖克江东。
成则王者败则寇，
无奈流氓竖子名。

读史之二

二〇一〇年五月二十六日　北京

一篇翻过百篇通，
读史当吟太史公。
五霸春秋比策论，
七雄合纵战连横。
暴秦二世阿房灭，
魏晋六朝基业倾。
酒释兵权扬宋祖，
克疏纳谏显唐宗。

俗人自嘲打油

二〇一〇年六月三日　北京

做饭下厨炒豆芽，
上街买菜挑黄瓜。
吃喝玩乐屙撒睡，
柴米油盐酱醋茶。
还贷车房养月供，
赚钱讨妇想成家。
芸芸百姓皆如此，
我亦随俗难自拔。

先父樱花之恋赠泉台之二

二〇一〇年六月五日　北京

樱花之恋亦堪怜，
柔美动人感上天。
居处东瀛风洒泪，
扶桑月下照无眠。
山盟海誓两心许，
烛影星光一豆燃。
与汝诀别心绞痛，
隔洋相望佑平安。

世界杯足球赛

二〇一〇年六月十二日　北京

全球关注在南非，
场上传球健步飞。
鏖战厮杀惊胆魄，
攻城斩将取金杯。
巧拿对手新星乐，
痛守劲敌老骥悲。
赛事疯狂一个月，
沸腾过后寂然归。

数字小令

二〇一〇年六月十四日　北京

一卷史书谁问答？
两行热泪未曾擦。
三足鼎立分天下，
四海之内竟无家！
五胡崛起互践踏，
六军马嵬却停发。
七雄角力齐争霸，
八王之乱乱中华。

桃花吟

二〇一〇年六月十七日　贵州

一赏桃花入梦中，
桑青柳绿羡桃红。
少女羞藏闪户内，
崔郎寻觅入门中。
娇媚容颜镜相看，
桃花摇落扇底风。
凡尘未解俗根在，
胭脂薰香兴亦浓。

巡视打油

二〇一〇年六月二十五日　北京

退居二线也逍遥，
不必天天出早操。
日上三竿睡未醒，
月斜五更聚还聊。
闲来散步紫竹院，
兴至漫游白石桥。
南北西东勤徜徉，
吟诗作赋乐陶陶！

赏心乐事解

二〇一〇年七月三日　北京

清溪碧水缓行舟，
酷暑深潭仰自游。
微雨听荷歇草榻，
凭栏眺远迈高楼。
柳荫堤畔吟徐步，
花坞樽前醉未休。
隔岸庙堂闻暮鼓，
抚琴听韵乐悠悠。

题荷花

二〇一〇年七月二十八日　北京

凌波仙子百媚生，
依水临风万种情。
矫首挺茎展阔叶，
开花结籽献莲蓬。
根植泥淖去污染，
荷蒲池残待雨听。
小憩蜻蜓尖蕊上，
悠闲闭目赏蛙声。

名花小记

二〇一〇年七月二十九日　北京

香飘丹桂何妨晚，
瘦若秋菊岂畏寒。
清凛兰花空寂寞，
雍容月季便承欢。
探头红杏出墙艳，
无果蔷薇带刺残。
富贵牡丹昂首绽，
冬梅傲雪驿桥边。

今夏奇热难捱

二〇一〇年七月三十日　北京

京城潮热久高温，
阴暗灰霾日日沉。
气喘吁吁堵肺管，
汗湿透透沤衣襟。
街边花草蔫无力，
路上行人强打神。
如此桑拿一个月，
蒸腾熬命苦呻吟！

题蝴蝶

二〇一〇年八月八日　北京

生就斑斓眷恋花，
翩翩飞舞映朝霞。
高低相伴如形影，
上下迷离展丽华。
授粉芳菲催浪漫，
含情雄雌傍天涯。
春来幽会清泉畔，
梁祝归魂又到家。

咏先父旧公文包

二〇一〇年八月十一日　北京

破残老旧公文包，
内里文章幸未销。
墨洒烟云垂瀚海，
笔驰风雨化惊涛。
微言大义千般爱，
鸿雁家书万里遥。
时乱年荒历历在，
今愁昨痛涌心潮！

庚寅七夕之一

二〇一〇年八月十六日　内蒙古

七夕牛女鹊搭桥，
星汉西流情未消。
海誓山盟表爱意，
金风玉露度良宵。
巫山云雨常相忆，
美梦缠绵不忍抛。
路上情缘前世定，
二人珍重自逍遥。

庚寅中秋感怀之二

二〇一〇年九月二十四日　北京

雨后晴空澈又明，
秋高气爽晚风轻。
玉盘弄影清晖泻，
白露成霜晓雾凝。
身外浮华随水逝，
眼前景物渐凋零。
人生归雁长鸣过，
如释心怀守阵形。

文君赋

二〇一〇年九月二十六日　北京

柔若春风艳若李，
淡妆浓抹总相宜。
清辉朗月婵娟共，
织锦当垆情意迷。
生就聪明藏内秀，
日积勤奋自成蹊。
点金琢玉终脱颖，
司马文君岂谓奇？

时空感叹

二〇一〇年十月一日　海口

生老病亡灵有序，
秋冬春夏季轮回。
东西南北定方位，
礼仪廉耻显四维。
苦辣酸甜觉味道，
富贫荣辱判盈亏。
星辰日月当空照，
功绩才情奋力追。

《山楂树之恋》观感

二〇一〇年十月四日　北京

少女萌心最清纯，
山楂树下溢芳芬。
圣洁本性人人爱，
质朴容颜面面真。
魔怪摧残情压抑，
坚贞挺忍自卓群。
憾然撒手归西去，
遗落秋风泪满襟。

秋意感怀

二〇一〇年十月六日　南昌

秋风秋雨秋意凉，
秋情秋韵泛秋光。
芦荻满地霜千里，
明月长空雁一行。
醉染层林枫叶赤，
寒凝野甸杏花黄。
轮回四季秋为美，
举棹轻舟泛豫章。

春意秋思

二〇一〇年十月八日　北京

春风荡漾飘芳郁，
秋水清澄送碧波。
杨柳开花桃李艳，
梧桐叶落桂丹折。
怀春少女情如缕，
壮士悲秋哭胜歌。
啼血子规千唤切，
寒江独钓一翁蓑。

重阳

二〇一〇年十月十六日　北京

萧瑟西风天渐凉，
东篱采豆豆荚黄。
鸿鹄展翅飞无力，
星斗稀疏夜未央。
临远登高空洒泪，
吟诗把酒祭重阳。
旧时玩伴多衰朽，
不敢回头返故乡。

德之析

二〇一〇年十月十八日　北京

人生根本即为德，
修养品行乃内核。
礼义廉耻四维立，
温良恭俭让谦多。
诚实守诺信达雅，
勤勉孝悌乐仁和。
风纪优良年幼训，
士家传统细切磋。

致靳欣

二〇一〇年十月十九日　北京

京城小女不知名，
偶阅诗词意顿兴。
造诣精深基础厚，
功夫老辣天资灵。
嫩芽几度经新雨，
老骥头回念故情。
疑是薛涛漱玉辈，
下凡今世诉平生。

仿古情思

二〇一〇年十月二十日　北京

自诩情商第一流，
巫山云雨几春秋。
红襟翠袖翩然至，
玉露金风何处求？
箫史高楼今共上，
佳期好梦久难留。
西厢待月三更后，
怨妇卢家少莫愁。

海南遇清秋子

二〇一〇年十月二十二日　海南

人情人性倍温馨，
诗品诗才慰我心。
眉宇飞扬凝正气，
心怀坦荡见胸襟。
直行持道无邪念，
握瑾存瑜勤省身。
堪比陈王真赤子，
高山流水念知音。

哭母亲

二〇一〇年十月二十四日　北京

少小从军离故乡，
枪林弹雨饱经霜。
持家育子承辛苦，
受难蒙冤愁断肠。
东北十年遭苦痛，
京华卅载渐悲凉。
耄耋刚至即仙逝，
慈母升天我亦伤。

题梁从诫先生树葬地

二〇一〇年十一月四日　北京

幽草清溪杜宇声，
青松翠柏慰英灵。
林荫树下君安卧，
曲径花旁晓露轻。
身体力行友自然，
真心实意践平生。
人间四月春常在，
遗范重昭日月明。

悲秋思亲之一

二〇一〇年十一月九日　北京

梧桐黄叶满天飞，
十月京华落翠微。
寂寞霜天慈母逝，
飘零海域长兄归。
家愁国事悲无奈，
人去楼空愿有违。
笑貌音容萦脑际，
相思一寸也成灰！

秋夜

二〇一〇年十一月十日　北京

黄叶满街漫步行，
飞扬飘洒晚风轻。
茕茕寂冷下弦月，
耿耿清寒北斗星。
梦里念亲人不至，
更深漏断泣无声。
心烛燃尽难成寐，
由任空阶滴到明。

往事留痕

二〇一〇年十一月十二日　北京

锥心往事记微痕，
血泪凝结创痛深。
历史还原为己任，
真相昭然示后人。
董狐愤墨春秋笔，
司马疾书天地文。
正脉源流封不断，
丹心一片铸精神。

装修搬家打油

二〇一〇年十一月十六日　北京

洋灰凝土沙石料，
壁纸磁砖漆乳胶。
陈旧板材严兑缝，
打折家具也新潮。
面盆便桶样样有，
梯凳阁楼步步高。
电视冰箱皆老款，
照常好用乐陶陶。

散淡人生

二〇一〇年十一月十九日　北京

天命已知渐老成，

平凡度日不心惊。

有妻有子千钧重，

无势无权一身轻。

物喜己悲成旧事，

情浓欲寡过今生。

吟诗作赋常酬和，

散淡闲舒漫步行。

赞梁氏三杰

二〇一〇年十一月十九日　北京

虽云失败亦豪雄，
三代世家悲剧情。
学子上书图变法，
京师讲演唤开蒙。
老城保护传文化，
血脉凝含颂古风。
花鸟柔肠怜百草，
回眸一笑慰平生。

诗家父子

二〇一〇年十一月二十一日　北京

地蕴精华万木春，

日出先照海之滨。

一方水土一方事，

两代诗家两代人。

幽默诙谐傲骨立，

清新俊逸性情真。

恃才率性自由写，

字句锱铢寓意深。

感恩节联想

二〇一〇年十一月二十四日　厦门

滴水思恩报涌泉，
滔天怨恨敢豁然？
心中浩瀚盛江海，
腹内通达载地天。
行善积德应本分，
去浊除害任双肩。
坚执操守非逐利，
正义和谐返世间。

赠李锐老之二

二〇一〇年十一月二十七日　北京

直径七方斗室空，

铁窗枯坐楚囚行。

吟诗且得《龙胆紫》，

填词酷似《满江红》。

笔走龙蛇成大器，

气吞山岳响悲鸣。

胸中块垒一抒尽，

佳作源流在秦城。

牟宜之黄万里诗话

二〇一〇年十二月二十七日　北京

洞明时世倍伤神，
孤旅独行贯古今。
诗草锥心呈傲骨，
花丛小语见精神。
一番宏论惊朝野，
十载奏疏换落尘。
心忧天下互酬唱，
仲伯肝胆两昆仑！

二〇一一年　二十一首

悼史铁生

二〇一一年一月三日　北京

岁末人生忽走完，
惊闻长叹泪潸然。
寂孤有难残肢腿，
仁爱无私献胆肝。
默默笔耕金台路，
遥遥情系清平湾[1]。
志存高远魂归去，
梦里神游赴祭坛。

1　史铁生原住清平湾，著有《清平湾纪事》一书。

致胡发云兄

二〇一一年一月十日　北京

语精义重谢胡兄，
言简意深见盛情。
剑胆琴心君子范，
柔情侠骨俊杰行。
铁肩担道友朋叹，
妙手著文业界惊。
互勉酬答多雅趣，
诗词唱和乐无穷。

病卧读诗书

二〇一一年一月十一日　北京

病卧蜗居自养神，
静思遐想默哼吟。
楚辞汉赋言其志，
元曲唐诗慰我心。
古卷长持真惬意，
清风徐送倍温馨。
枕边梦里读不厌，
忘却玄黄老病身。

黄昏夜航

二〇一一年一月十六日　京哈机上

天地混沌一线分，
霞晖润染又黄昏。
城郭缥缈几灯火，
银汉虚清数片云。
弯月随舷窗外挂，
广寒如幻梦中寻。
长飞万里凌空览，
宇宙流霜杳迹痕。

题松花江冰雪大世界

二〇一一年一月十七日　哈尔滨

水晶宫殿展斜辉，
飞雪迎春尽翠微。
玉树临风滴翡坠，
银花凝碧系芳菲。
玲珑剔透天鹅堡，
清彻神奇锦绣堆。
劲舞狂歌抒逸兴，
冰城夜短不思归。

书生本性

二〇一一年一月十八日　北京

敢将诗笔走蛇龙，
宦海沉浮觅旧踪。
舍弃乌纱人遁世，
疏离钟鼎风入松。
讽讥邪恶小径阻，
指向康庄大路通。
流水行云任笑骂，
狷狂本性一书生。

某争论自诩

二〇一一年一月二十六日　北京

索居闹市隐京城，
慧眼旁观潮落升。
身在庙堂忧社稷，
胸怀天下念苍生。
心如赤子拳拳意，
胆似丹青耿耿明。
理战群迂驳谬策，
云霓朗朗贯长虹。

兔年俚语小集

二〇一一年二月十一日　北京

疾兔反矢无退路，
三窟狡兔有奇谋。
狐悲兔死给人看，
待兔守株何所求？
静若处儿身历世，
动如脱兔命关攸。
兔龟比赛齐肩跑，
玉兔金蟾桂树留。

春日感怀

二〇一一年三月十一日　北京

大地润苏温复回，
阳光转暖报春归。
千山万壑披新绿，
八桂三湘展斜晖。
世界四时仍替代，
皇权一统渐式微。
落花流水风飘絮，
枯叶残枝已作灰。

感怀

二〇一一年三月十八日　北京

恩怨情仇转瞬消，
王侯将相化蓬蒿。
穷通荣辱如烟散，
成败得失似梦遥。
真伪忠奸岂有辨？
是非功过已无聊。
山崩海啸当何奈，
盛世来临自解嘲。

现代战争

二〇一一年五月八日　广州

运筹帷幄布精兵，
定点清除神显灵。
开启雷达千里亮，
射发导弹寸毫明。
远程实战凭科技，
近距攻防靠卫星。
电子键盘出鞘剑，
点击轻触地球平。

端午抒怀

二〇一一年六月六日　武汉

端阳踏浪至东湖，
三镇雄奇蕴秀珠。
粽米飘香源楚鄂，
龙舟竞渡祭鸿儒。
平生吟诵屈平赋，
终老蜗居诸葛庐。
黄鹤归魂知我处，
蛇灵龟寿乐何如？

辛卯七夕之夜

二〇一一年八月六日　北戴河

心中牵念度寂寥，
鸿雁长飞架鹊桥。
箫史楼中望明月，
秦娥帐内舞红绡。
今宵何处结连理？
昨夜无眠品玉箫。
烛影星光兰烬落，
长生殿内更逍遥。

读新版文学史有感

二〇一一年九月三十日　北京

家父遗篇录史书，

百年忧愤当长哭。

吟诗作赋常言志，

刻骨铭心细品读。

笔下人间多苦难，

卷中盛世亦虚无。

夏桀商纣秦皇暴，

记载如实似董狐。

由芝城飞返北京有感

二〇一一年十月十日　北京

告别蓝天越碧海，
重归雾霭陷灰霾。
阴晴亮暗难分辨，
日月昏晨未解开。
四百万车齐塞路，
二三四环成堵台。
伤喉损肺民何奈，
浊气排空忍痛哀。

随意偶得

二〇一一年十一月五日　北京

百年如梦未曾醒，
转瞬之间半世空。
回首苍茫含爪印，
前瞻飘逸现惊鸿。
积德待物扬仁爱，
行善与人献厚忠。
宦海沉浮直面对，
去留随意任萍踪。

秋意之四

二〇一一年十一月六日　北京

秋风萧瑟披衣起，
秋夜清凉秋雨凄。
耿耿星河寒气凛，
莹莹霜露雾晨滴。
秋虫呢喃秋声响，
秋水澄蓝秋韵齐。
无限秋情抒不尽，
登高临远雁长啼。

北碚[1]西部科学院有感

二〇一一年十一月九日　重庆

小楼窗外是嘉陵，
绿树葱茏掩碧空。
石板青苔凝岁月，
人杰才智聚边城。
危亡救业兴科技，
白手起家创民生，
江上转移[2]奇绩在，
成仁悲壮亦豪雄！

1　北碚：现在重庆市境内，是著名民国实业家卢作孚先生创办西部科学院所在地。

2　江上转移：指卢作孚先生在抗战期间，指挥民生公司将武汉、宜昌重要兵工厂和大型工业装备安全转移到陪都重庆之壮举。

荒芜别墅

二〇一一年十二月九日　北京

残垣断壁久萧条，
庭院荒芜草木凋。
瑟瑟寒风袭冷月，
幽幽曲径走魔妖。
比邻暗室凝邪气，
未化残霜过断桥。
人迹稀疏缘鬼魅，
阴魂不散降毒枭。

黄鹤楼之一

二〇一一年十二月十七日　武汉

黄鹤长飞已杳然，
徒留遗迹在人间。
名楼历代几番建，
故址多朝数次迁。
崔颢题诗千古诵，
李白评点万年传。
大江东去浪淘尽，
爽气西来化紫烟。

哀悼友人

二〇一一年十二月二十七日　南京

太阳升起探缘由，
持笔耕耘病未休。
去伪存真求证据，
呕心沥血叙春秋。
还原历史追公论，
提炼精髓了愿酬。
蚕茧抽丝灯烬落，
金陵梦断水悠悠。

二〇一二年　六十二首

元旦感言

二〇一二年一月一日　北京

世间唯有情难舍，
萦绕心头解未脱。
岁岁流光空荏苒，
年年逝水自消磨。
韶华已去黑鬓少，
朱颜暗失白发多。
老骥尚存伏枥志，
驰骋万里越山河。

题丁惟汾青岛故居

二〇一二年一月七日　青岛

八十年后再寻踪，
人走茶凉楼已空。
昔日辉煌雕鹗聚，
今朝落寞雀鸦逢。
门庭已改依稀辨，
屋宇如前近似同。
历史烟云终散去，
唯留遗迹朔风中。

辛亥时期留学生

二〇一二年一月十一日　北京

莘莘学子在天涯，
忧念苍生忧念家。
立志铲除专制草，
齐心浇灌自由花。
西风东渐送真理，
北雁南归救夏华。
世界潮流岂可阻，
江河水暖作春鸭。

以诗赠友

二〇一二年一月二十日　北京

疾兔反矢一瞬休，
潜龙抬首卧荒丘。
如烟往事随风散，
似梦韶华伴水流。
莫笑当年敢揽月，
应悲今日怕登楼。
且吟小令凭君赏，
何须对镜叹白头。

咏雁

二〇一二年一月二十五日　北京

鸿雁长飞待几时？

扶摇徙转落寒枝。

穿云掠影守风骨，

破雾澄霾舞艳姿！

小憩不辞东苇荡，

翱翔又慕西瑶池。

远方壮志无穷尽，

回落衡阳旧梦迟。

古尼修行

二〇一二年一月二十七日　北京

心净如云存慧根，
红尘辞却遁空门。
青灯埋首研经法，
面壁修身羡鬼神。
东院坐堂听雨雪，
西窗卧榻沐香薰。
更深漏断佛缘近，
界外三生待好音。

蜗居

二〇一二年二月三日　北京

污浊乱象关门外，
典雅新容入眼中。
躲进蜗居天地阔，
换得斗室是非清。
书声琅琅多豪兴，
琴韵悠悠已忘形。
简陋家拥全世界，
五洲四海在心胸。

今日北京

二〇一二年二月十二日　北京

古都模样渐模糊，
上市楼盘一夜出。
后海新修锣鼓巷，
前门仿建盛锡蚨。
两湖会馆或拆毁？
三晋学堂将荡除。
景物风情似殆尽，
传承切断仰天哭！

梦梅

二〇一二年二月十九日　北京

嫣红姹紫尚含羞，
百媚千娇自温柔。
笑脸迎春常绽放，
寒霜化尽显风流。
奇葩冷艳传香粉，
绿叶清新历晚秋。
傲骨铮铮桥驿立，
凝妆冰雪在枝头。

咏金石书画

二〇一二年三月三日　北京

凹凸空处练真功，
刀刻顽石显性灵。
连贯刚柔抒逸兴，
玲珑剔透展宏通。
行书狂草皆增趣，
正楷蝇头各异同。
泥印轻沾重吻纸，
龙飞凤舞永恒生。

南粤寻访

二〇一二年三月三日　广州

国共同根本弟兄，
百年恩怨亦难容。
先贤笔迹留新意，
故址遗存觅旧踪。
资料翔实驳谬误，
细节生动划时空。
还原历史揭真相，
愿作当今太史公。

俯观尘世有感

二〇一二年四月八日　赴莫斯科班机上 西伯利亚上空

乘机上下复西东，
横跨亚欧今又行。
伏尔加河弯曲曲，
乌拉尔岭郁葱葱。
西伯利亚寒霜重，
叶卡捷琳沉雾浓。
寥廓帝国宛若梦，
俄乡依旧是迷宫。

毕业三十年返校为校园情人作

二〇一二年四月二十九日　济南

灰砖青瓦绿飞檐，
碧草林荫小径间。
眉目传情心艾怨，
晋秦违愿意缠绵。
不觉头上飘白雪，
已见镜中呈褐斑。
转瞬卅年如梦逝，
相逢垂泪校园前。

机上作

二〇一二年五月四日　京宁机上

秋月春花万种情，
朝丝暮雪[1]不心惊。
人生苦短如翻页，
命运游离似飘萍。
足涉八荒一卷握，
身飞四海五洲行。
读书走路从不厌，
阅尽沧桑眼更明。

1　李白有“朝如青丝暮成雪”形容时光飞度，转瞬由青壮变老迈。

身病与心病

二○一二年五月七日　北京

堆积块垒化愁肠，
郁闷纠结二寸长。
世事不平无力改，
人情险恶暗中尝。
官场腐败悲情起，
心境凄凉元气伤。
躲进病房开手术，
先医身患又何妨？

术后写实之一

二〇一二年五月十六日　北京

卧病老夫歇在床，
如年度日耗时光。
吊瓶输液滴滴慢，
导管引流细细长。
血压晨昏反复测，
体温昼夜数衡量。
创痕火辣疼不寐，
双眼圆睁想撞墙。

衣带渐宽

二〇一二年五月十八日　北京

疗伤辟谷笑太真，
痛病煎熬去脂痕。
衣带渐宽追汉士，
胯腰乍细赛楚人。
非因黛玉焚诗恨，
不为秦琼卖马贫。
时尚老夫羡骨感，
顽疾治愈又新春。

玉体横陈

二〇一二年五月二十日　北京

窗外绿荫虫鸟欣，
病房白壁静无音。
全身僵卧后前管，
玉体横陈上下针。
楼道忽闻脚步近，
室门已见大夫亲。
低头俯首笑相问，
昨日感觉可比今？

白衣诗坛

二〇一二年五月二十一日　北京

身体欠安入病房，
专心修养好疗伤。
大江大海寻常过，
小患小疾自不慌。
医院有方做手术，
坊间尚待好诗章。
白衣领域新开辟，
词曲歌坛一瓣香。

病榻咏老马自嘲

二〇一二年五月二十二日　北京

百里骅骝卧厩庐，

青骢赤兔忆当初。

千沟万壑凌空跃，

五岳三山岂畏途？

非是秦琼难忍去，

只因伯乐不识殊。

白龙未有腾飞日，

老骥伏枥奋蹄呼。

滴吊瓶小梦速记

二〇一二年五月二十二日　北京

病榻寂孤玉体陈，
不觉梦幻去游春。
山花绽放微风爽，
海浪潮汐流水亲。
禅院钟铃声杳杳，
佛门香火气森森。
忽闻肩上轻拍打，
护士拔针已进门。

《甄嬛传》观后

二〇一二年五月二十五日　北京

清宫后院气萧森，
斗角钩心藏祸根。
粉脂丛中匕首现，
嫔妃群里杀机存。
东方专制帷幕闭，
清代王朝大内阴。
一部甄嬛活现世，
职场依旧在沉沦。

涂药疗伤

二〇一二年五月二十六日　北京

臀后灼疼似火烧，
拨筋缝肉见仙桃。
夹钳动剪轻轻挑，
涂药擦伤细细浇。
软饭清汤下岗路[1]，
缓行慢摆太平桥[2]。
润雨和风勤照料，
老迈廉颇自品肴。

1　老二龙路医院在北京太平桥大街下岗路一号。

2　老二龙路医院的前门在太平桥大街按院胡同附近。

偶观《非诚勿扰》之一

二〇一二年五月二十七日　北京

非诚勿扰创招牌，
火爆江苏电视台。
男士求婚倾伎俩，
女郎择偶重钱财。
世风日下真情去，
实惠当头俗恶来。
作秀频频加戏料，
博得市井笑开怀。

偶观《非诚勿扰》之二

二〇一二年五月二十七日　北京

扭捏扭捏还扭捏，
发嗲发嗲再发嗲。
然后然后复然后，
那啥那啥又那啥。
拍手拍手全拍手，
喧哗喧哗俱喧哗。
起哄起哄瞎起哄，
回家回家快回家。

读《散宜生诗》有感

二〇一二年五月二十九日　北京

散淡孤高聂绀弩，
神奇悲怆一鸿儒。
三生有幸留遗卷，
四草[1]无瑕绘世图。
忍气吞声弥韧劲，
苦中作乐傲江湖。
逆来顺受北荒泪，
狂傲阮郎歧路哭。

1　聂绀弩诗集名《散宜生诗》，由“北荒草”、“赠答草”、“南山草”、“第四草”等四篇组成。

跻身俗界

二〇一〇年五月三十日　北京

跻身俗界染尘埃，
愧对先生济世才。
人在江湖由我去，
生逢盛世任它来。
登山赏景心犹阔，
访古寻幽趣不衰。
今日酬君长短句，
诗文吟罢自开怀。

清宫秘史之五

二〇一二年六月一日　北京

大内萧墙迷幻深，
绿衣锦卫守宫门。
圆明园里腾妖雾，
紫禁城中聚鬼神。
剑影刀光时显现，
阴谋诡计偶相闻。
阳光何日照台省，
铁幕崩摧始化尘。

感怀家事

二〇一二年六月二日　北京

三代豪杰可奈何？
一门忠烈历劫波。
祖孙传载儒生志，
父子秉承寒士德。
权贵堂前指笑骂，
黎元窑下泪滂沱。
匹夫当有兴亡任，
时弊针砭治病疴。

欧美地理小令

二〇一二年六月三日　北京

比荷卢意苏格兰，
德奥法英美利坚。
阿尔卑斯青似玉，
密西西比碧如蓝。
莱茵多瑙净观底，
勃朗落基耸入天。
比利牛斯爱琴海，
波罗的海亚丁湾。

治愈出院

二〇一二年六月五日　北京

挂肚牵肠可奈何？
京城五月理沉疴。
病发投奔二龙路，
治愈回归三里河。
桃叶殷红桃树健，
杏花结果杏核脱。
红桃黄杏春长在，
妙手白医又放歌。

观电视剧《心术》

二〇一二年六月五日　北京

仁德仁术在仁心，
救死扶伤赖杏林。
生老病亡规律事，
乐哀喜怒古今存。
已知病患皆心患，
愿作真人与善人。
百态人间都向爱，
枯藤老树也回春。

清代官场浮世绘

二〇一二年六月九日　北京

三字经文从未读，
千家诗赋更荒疏。
五粮液[1]酒天天醉，
百尺楼堂夜夜舒。
一掷斗金红颜笑，
全陪半宿傍肩扶。
清朝台省多雄壮，
熊掌虎鞭日日服。

1　公元1368年，宜宾人陈氏继承了姚氏产业，总结出陈氏秘方，时称“杂粮酒”，后由晚清举人杨惠泉改名为“五粮液”。

清代官场谣之一

二〇一二年六月十日　北京

升官办法着实多，
拍马溜须唱颂歌。
俯首低眉下意识，
投怀送抱潜规则。
坚持一定得回馈，
屡试三番岂犯科。
培养提拔亲信划，
同丘之貉乐如何？

清代官场谣之二

二〇一二年六月十一日　北京

官场道德久式微，
拜金重色且贪杯。
英雄若有论成败，
宦海从无讲是非。
逐臭追腥媚上意，
怀瑜握瑾久相违。
孤直傲岸世稀有，
正脉何时得复归？

病中诗成

二〇一二年六月十三日　北京

梦里双峰已入云，
诗成百首病中吟。
后庭花蕾留神韵，
前路奇葩慰吾心。
高卧闲居无假借，
嫉俗愤世有纯真。
华筵即散随风去，
扫却浮尘日月新。

百姓求医

二〇一二年六月十四日　北京

百姓求医看病难，
动辄花费两三千。
站排挂号凌晨起，
拿药交钱队拐弯。
C T 扫描细细照，
核磁共振频频观。
打针化验再输液，
一去折腾一整天。

预约看病打油

二〇一二年六月十五日　北京

老夫手脚半边麻，
疑是中风高血压。
速去预约教授号，
且将身体认真查。
头颅ＣＴ显腔梗，
椎颈核磁有瘢痂。
挤迫神经须救治，
患疾还要找专家。

手机消暑

二〇一二年六月十七日　北京

京城七月暑温升，
流火金星热浪迎。
汗透桑拿挥若雨，
霾迷雾瘴蕴如蒸。
清凉世界屏中觅，
梦幻江山掌上行。
苹果一机握在手，
荡击心狱沐春风。

大清帝国

二〇一二年六月十八日　北京

神圣天朝作帝酋，
八方四野任巡游。
延泽舍惠施恩宠，
普济扶危救赎酬。
豪奢行宫白玉阵，
骄横华盖赤金轴。
女真崛起多豪迈，
宇宙洪荒诺亚舟。

实践论

二〇一二年六月十八日　北京

不喝蜂蜜哪知甜，
不咬葡萄不叫酸。
不咽黄连谁晓苦，
不吃酱菜怎觉咸。
甜酸咸苦无恩怨，
喜怒哀愁总悲欢。
百味人生皆品遍，
不枉阳间走一圈。

壬辰端阳杂感之二

二〇一二年六月二十一日

夏至炎炎暑气蒸，
堂前飞燕掠浮萍。
风吹老树万千叶，
雨打轻雷三两声。
伏案一杯心自爽，
翻书百页兴犹浓。
遥闻鼓响波涛怒，
早有龙舟江上横。

欧洲杯在北京

二〇一二年六月二十七日　北京

酒吧茶馆咖啡堂，
揉脚桑拿洗发廊。
瓜子花生麻辣烫，
香烟啤酒火腿肠。
小民麻雀棋牌室，
大款会所健身房。
千万眼球盯电视，
射门破网骤发狂。

别意

二〇一二年六月三十日　北京

闲居愁卧岁偏长，
月色流霜映碧窗。
残露寒凝衰草谢，
晓风凄冷透心凉。
长亭别后寻音讯，
南浦离前念故乡。
翠袖红襟今在否？
隔天遥望各参商。

闻广州立交下竖石锥有感

二〇一二年七月五日　北京

教育医疗养老难，
民生为重大如天。
雪中送炭实罕有，
锦上添花作美谈。
富丽宫中品翅宴，
立交桥下避风寒。
石锥林立无栖所，
广厦徒修千万间！

初学上网打油

二〇一二年七月十日　北京

手如鸭掌笨加残，

字母敲击慢又偏。

一不留神忽抹字，

万般无奈再开盘。

换行翻页直发愣，

标点条符未找全。

排版定格无所会，

老夫衰朽梦新篇。

壬辰夏日

二〇一二年七月十四日　北京

闷热潮湿度日难，
蝉宁蛙静半阴天。
月遮霾掩风不动，
雾带云蒸雨又残。
霉气悄袭耐力短，
暑温持续躁心烦。
混浊世界谜团状，
诸事无常意惘然。

不堪回首

二〇一二年七月十六日　北京

少遇疯癫举世狂，
时逢劫难度灾荒。
面黄肌瘦饿空腹，
忍辱吞悲愁断肠。
慈父蒙冤离世界，
中年发奋抗风霜。
独撑苦斗沧桑历，
老骥驰骋当自强。

京城暴雨之一

二〇一二年七月二十二日　北京

京城暴雨似盆倾，
毁物伤人世所惊。
高楼大厦成岛屿，
行人车辆化鱼龙。
防灾失误谁来问，
应尽职责反变功。
管网失修残旧破，
良心已昧愧无穷！

京城暴雨之二

二〇一二年七月二十二日晚　北京

京城暴雨骤滂沱，
道路忽而变大河。
一片汪洋成沼地，
满街车辆尽趴窝。
立交桥下深如海，
陋巷屋前漏似梭。
基础设施埋地下，
无关脸面任消磨。

昂昂溪[1]梦境

二〇一二年七月二十二日　北京

家国败落已萧条，
回梦边关路亦遥。
破碎乡村堪凋弊，
荒芜郊野没蓬蒿。
田园寂寞人烟少，
陋室凄凉爨火烧。
陌上樵翁憔悴过，
依稀辨认是同僚。

1 “文革”时，诗人举家流放地。在黑龙江省齐齐哈尔市南郊。

官商心态

二〇一二年八月二日　北京

不要文明只要钱，
伤天害理又何干。
拥红抱翠神仙梦，
纸醉金迷杯盏残。
今日有酒今日醉，
明朝无望明朝烦。
家园尽毁子孙遁，
末世穷途聊自欢。

救助陉山

二〇一二年八月三日　北京

力挽狂澜救陉山，
老夫独守豫南关。
撰文发网频呼吁，
上访投书诉愚顽。
蠢蠢不闻官至晚，
奄奄一息陵已残。
支离破碎今昔变，
尚感芳心半寸笺。

梦魇

二〇一二年八月十八日

劫难徒留老病身，
每逢底事倍伤神。
花红柳绿无心记，
夏雨秋风过眼云。
少小北荒留旧怨，
晚来京畿盼新春。
十年噩梦挥不去，
长夜惊呼大汗淋。

乡居延庆

二〇一二年八月十九日　延庆

远离都市去尘埃，
驭骏狂奔释骋怀。
作赋吟诗弹旧曲，
挥毫泼墨展新才。
古今中外飘思绪，
典雅清幽卧素斋。
世外仙源居复乐，
山光树影共徘徊。

壬辰七夕之一

二〇一二年八月二十三日　呼伦贝尔

良辰美景碧云天，
静夜七夕萤火燃。
耿耿星河银汉渺，
弯弯冷月桂宫悬。
流霜晓露穿空透，
织女牛郎萦绕牵。
似水柔情追梦境，
佳期心醉鹊桥边。

壬辰七夕之二

二〇一二年八月二十三日　呼伦贝尔

万籁俱寂静夜天，
满天星斗照无眠。
边陲僻壤街灯暗，
幽径林间萤火燃。
银汉流光清夜爽，
轻霜薄雾晚风寒。
秋声四起添哀怨，
牛女桥头泪未干。

九一一有感

二〇一二年九月十一日

回首轰然巨厦倾，
四千生命化冤灵。
狂徒嗜血无人性，
墟迹苍凉铸汗青。
反恐一心凝定力，
追寻十载斩枭雄。
拉登之辈烟灰灭，
依旧中天日月明。

凤凰涅槃

二〇一二年十月十日　北京

先贤遗训我常听，
大道如天君子行。
天下为公循圣理，
为民服务沐魂灵。
百年华夏辛酸史，
半世神州不了情。
宝岛涅槃浴血火，
凤凰振羽又重生。

自励共勉之一

二〇一二年十月二十四日　北京

纵身一跃入凡尘，
从此操劳半世心。
柴米油盐生计累，
婚丧嫁娶血缘亲。
奔波职场求薪俸，
出入衙门为庶民。
年近六旬心坦荡，
无私无愧慕高人。

读友人博文之一

二〇一二年十一月一日　北京

诗情画意两相宜，
狂士名媛归所期。
光武子陵生佳话，
放翁唐琬梦传奇。
园中邂逅伤春色，
江畔同游醉淋漓。
雅兴骤增时品味，
图文并茂动心仪。

京城初雪之一

二〇一二年十二月十二日　北京

凛冽狂风刺骨寒，
京城腊月已霜天。
空中飞雪飘飘落，
心境凄悲处处烦。
年复一年依旧过，
日接一日照常翻。
浑浑噩噩随缘混，
万事无聊躲静闲。

访陈望道故居

二〇一二年十二月十七日　浙江义乌

正厅西侧小柴屋，
竟夜长燃一蜡烛。
昏暗灯光映笔记，
光明心镜照征途。
日英两语精通译，
华夏三生赖巨儒。
严正宣言曰共产，
西风东渐落浮屠。

二〇一三年　三十六首

听资先生言有感

二〇一三年一月二十七日　北京

娓娓道来觅知音，
春风化雨润吾心。
真知灼见朝闻道，
质朴平和备感亲。
学界精英灵秀地，
杏坛翘楚资中筠。
言传身教人格健，
字字珠玑启后昆。

污染后患

二〇一三年二月十八日　北京

一片混浊腥臭风，
城乡脏乱且徐行。
村前房后垃圾绕，
地下岩隙污水盈。
心肺衰竭气管喘，
肝区癌变胃肠疼。
黎元活受贪官富，
清新洁净是梦中！

孔府读经

二〇一三年二月二十日　曲阜

因材施教杏坛亭，
成化奎文弘道生。
克己从周循礼乐，
先师贤圣正人行。
千年有幸存经卷，
万世为模留性情。
陋巷寒窗勤览阅，
无涯学海一舟轻。

贺长者长寿

二〇一三年二月二十一日　北京

百岁仙翁福寿康，
九十过九本寻常。
老当益壮犹征战，
鹤发童颜更逸狂。
屡历风霜枝节硬，
几经磨砺骨筋强。
晚霞正艳当空照，
无限风光在夕阳！

题黄金台之二

二〇一三年三月五日　北京

天朝岂筑黄金台，
夕照残阳陷雾霾。
乐毅剧辛尘土葬，
昭王郭隗砾沙埋。
礼贤下士堪何用？
纳垢藏污又复来。
燕赵悲歌伤往事，
寻得遗迹自徘徊。

踏青

二〇一三年三月九日　北京

对镜观颜忆旧容，
年华虚度杳无踪。
三生有幸逢时雨，
四海为家觅友朋。
芳草新芽郊野绿，
桃花故影面颊红。
踏青陌上萌诗意，
杨柳依依春色浓。

后海游

二〇一三年四月六日　北京

杨柳春风树婆娑，
小舟水面漾清波。
四围错落咖啡馆，
两岸夹杂青瓦阁。
银锭观山山色秀，
张生烤肉肉汁多。
升平歌舞祥和后，
无数北漂梦消磨。

纪念耀邦逝世二十四周年

二〇一三年四月十五日　北京

辗转愁思忆旧年，
二十四载岂如烟？
俊杰辞世风云恸，
华夏吞悲天下怜。
十亿生民念赤子，
千秋功业耀人间。
音容笑貌今犹在，
魂佑鄱阳万顷田。

纪念慎之仙逝十年

二〇一三年四月二十一日　北京

风雨苍黄亦未休，
十年思念在心头。
启蒙开智君行健，
握瑾怀瑜本色留。
侃侃纵谈评世道，
殷殷阔论解国忧。
三联茶座音容记，
作赋吟诗兴致遒。

致萃康致远[1]

二〇一三年五月一日　湖南冷水江

浊气氤氲老矿山，
寻根六十四年前。
金枝玉叶成衰木，
别墅庄园尽化烟。
离岸码头遗址在，
炮楼坡岗半空悬。
沧桑变幻长嗟叹，
世事轮回已惘然。

1　冷水江之行，颇多感慨，王朝更替，巨浪翻腾，如大江大海，民生几多大起大落！

藩篱陷阱

二〇一三年五月十八日　北京

藩篱陷阱寻常在，
迷阵妖团拂面来。
心静适恬笃淡定，
超然物外自清白。
形而下者不屑顾，
苟且营生皆避开。
清高傲岸传承继，
一意孤行抒壮怀。

狂涌冲堤

二〇一三年六月二十九日　北京

闷闷不乐带愁颜，
郁郁寡欢为哪般？
网上惊涛动地涌，
心中巨浪接天连。
急风暴雨冲堤岸，
洪水狂潮破险滩。
浮土碎石无计堵，
金堤倾覆瞬时间。

东京华梦

二〇一三年七月一日　开封

东京华梦逾千年，
白日南柯连夜眠。
燕蓟长城拥塞北，
汴梁沟壑望中原。
天朝神圣天威震，
草芥卑微草命悬。
四外夷蛮听教化，
皇恩浩荡溢长安。

咏巴蜀

二〇一三年七月十七日　四川

巴蜀何辜屡历灾，
山崩地裂又重来。
狂风暴雨淫威虐，
洪涝滑坡村镇埋。
天府之国天气暗，
锦城之秀锦绸衰。
不知祸患谁招惹？
迁怒自然究可哀。

赠友人

二〇一三年七月十九日　四川

何处雀鸦聒噪鸣，
蚊蝇贝锦谤喧声。
谗言诽议岂曾子，
鸡狗叨零是董龙。
撼树蚍蜉不自量，
缘槐蚂蚁妄夸行。
一身正气勤珍重，
两袖清风君继承！

咏竹

二〇一三年八月四日　北京

七贤儒雅会竹林，
名士品行若比君。
未破土时乃有节，
至凌云处尚虚心。
饮食缺肉犹能过，
居地无卿不作邻。
洒泪凝斑为义事，
梅兰松柏是知音。

电视观审贪官有感之一

二〇一三年九月六日　北京

攻关拚却醉颜红，
长袖罗裙扇底风。
除累销魂兼保肾，
上床陪睡快熄灯。
公权滥用无疆界，
私欲贲张已横行。
暮色苍茫腰带解，
温柔乡里越双峰。

九一一有感之二

二〇一三年九月十一日　天津

今天又是九一一，
恐怖袭击忆未销。
生命何辜忽殒灭，
匪徒无道竟狂号。
全球震怒同敌忾，
双子重修凌碧霄。
基地拉登终毙命，
重温历史告今朝。

余生两地

二〇一三年九月十四日　曲阜

谁料前途已渺茫，
终难舍弃越重洋。
欧风美雨书洋务，
骚赋诗词奏汉章。
文化差别存障碍，
习俗迥异犯纲常。
余生两地飘忽外，
赤县神州是故乡。

中秋咏月

二〇一三年九月十九日　北京

亘古圆缺永夜魂，
中秋三五溢清芬。
千年不变姮娥素，
万载长明皎月轮。
桂树飘香环宇内，
清晖流水度晨昏。
殷殷顾盼无穷尽，
化作诗章赠故人。

耳顺将临

二〇一三年九月二十四日　北京

耳顺将临辨是非，
酸甜苦辣再轮回。
妖魔重返时骚扰，
恐惧常悬念退归。
正义公平终祈盼，
歹毒邪恶尽相随。
身无绝技脱苦海，
炼狱煎熬如刺锥。

金风玉露

二〇一三年九月二十五日　北京

金风玉露入轩窗，
银汉迢迢永夜长。
老树危崖悬峭壁，
细流石涧绕松篁。
云中漫步瞻星斗，
宇内遨游揽月光。
佛法仙梵开宝炬，
神泽三界寿福康。

悼于光远先生之一

二〇一三年九月三十日　北京

日寇铁蹄踏蓟燕，
莘莘学子冒烽烟。
参加抗战何辞死，
探索科学岂惧难？
著作等身勤动笔，
与时俱进苦思贤。
坚持改革寻真理，
光照冥程比鹤仙。

秋去冬来

二〇一三年十月七日　北京

西风萧瑟近寒秋，
万物凋零草木休。
衰草枯杨随露谢，
残枝败叶顺波流。
严霜结冻鸿声远，
冷雾凝冰暖意收。
日见生机飘逝去，
严冬将至使人愁。

残山剩水

二〇一三年十月二十日　北京

残山剩水久荒芜，
唯有诗坛树一株。
造句遣词抒郁闷，
修身养性寄江湖。
品茗观弈缄言语，
泼墨挥毫著简书。
藏就名山无所愿，
待逢转世觅归途。

哀城市高层住宅

二〇一三年十月二十四日　江苏

蚁穴蜂窝鸽子笼，
活人尽在药匣中。
高楼林立无罅隙，
地气难接耗半空。
锁户关门成一统，
左邻右舍不相逢。
为牢圈养自得乐，
封闭何其似小农。

哀生态失调

二〇一三年十一月六日　北京

江河血脉畅通流，
造化天然景物收。
万载丰枯缘日月，
一方水土牧羊牛。
狂徒自傲骄横气，
脑梗栓塞魂魄丢。
搅得千疮百孔后，
失调生态使人愁。

滇中调水

二〇一三年十二月四日　云南

越岭穿山路纵横，
翻江踏海为滇中。
西墙拆过东墙补，
贫水救急富水充。
生态失衡为代价，
资源消耗有趋同。
几多方案平衡后，
两害相权只取轻。

怀念曼德拉

二〇一三年十二月六日　北京

漫漫星河朝北斗，
茫茫人世看南非。
灵魂高贵全球敬，
风范垂存百代随。
牢狱抗争仇恨解，
自由民主毕生追。
人间地狱沧桑变，
伟业辉煌树丰碑。

雾锁中国

二〇一三年十二月七日　北京

虚无缥缈梦萦中，

雾罩云遮一片空。

海市蜃楼随处见，

迷离幻影觅行踪。

尘烟浓厚弥毒气，

孽瘴污浊凝恶风。

举世滔滔无遁处，

灰霾何地不相逢？

叹“井下居士”[1]

二〇一三年十二月十一日　北京

井底晨昏逾九年，
人间地狱溅辛酸。
朱门数处豪宅备，
黎庶多宵寒露眠。
劳顿擦车供子女，
粗茶果腹度时艰。
京城米贵无锥地，
满目奢华为哪般？

1　报载一农民工竟在北京井下生活九年，以擦车为生，供子女念书。

题《南渡北归》[1]

二〇一三年十二月十四日　北京

南渡北归路漫长，
百年风雨历沧桑。
英才荡尽人空瘦，
翘楚凋零国有殇。
残卷青灯图破壁，
老夫白首叹悲凉。
大师之后寻踪迹，
举世萧疏一片荒。

1 《南渡北归》是作家岳南记叙部分北方高校在抗战中南迁的长篇记实文学。

冬夜偶成

二〇一三年十二月十八日　北京

浓霜薄雾晓轻寒，
街巷寂寥夜色阑。
星斗稀疏天外挂，
月光幽暗镜中看。
将临冬至天苦短，
已过中年业近残。
回首平生无愧憾，
选编诗卷献名山。

题胡适之先生冥寿

二〇一三年十二月二十日　北京

宁鸣而死挺直腰，
不默而生抗寂寥。
通识今古研学术，
学贯中西谋外交。
追求民主情无悔，
探讨新知志不挠。
思杜滞留大陆殁，
中年哀子令心焦。

冷眼向洋

二〇一三年十二月二十五日　北京

人间万象细端详，
上下高低无限量。
胸纳乾坤随毁誉，
肚容天下任坚强。
跳出三界对诽谤，
遁入空门看中伤。
清者自清浊自去，
岿然不动本忠良。

年终小结

二〇一三年十二月二十九日　北京

心为形役暗凄然，
无果徒劳又一年。
犬子学成留域外，
老妻劳顿陋厨间。
春秋冬夏等闲度，
柴米油盐次第全。
祈望明朝花绽日，
虎娃携妹傍双还。

二〇一四年　四十二首

研讨改革

二〇一四年一月六日　北京

赤子殷殷盼改革，
方针政策细研磨。
明碉暗堡急攻克，
高地前沿势必得。
利益得失全放下，
权威挑战任凭说。
家国天下挑肩上，
济世情怀不可夺。

马年说马打油

二〇一四年一月七日　北京

万马齐喑说马年，
徒增马齿报平安。
鞍前马后任劳累，
马壮人强唯首瞻。
一马当先无反顾，
千金买马辨英贤。
江州司马青衫泪，
老马识途返故园。

住院夜吟

二〇一四年一月二十五日　北京

已近年关却卧床，
腔隙梗塞亦心慌。
痰多咳嗽鼻喉堵，
觉少失眠手脚凉。
举世污浊能不病，
胸积块垒岂无伤？
强撑病体偷生过，
前路无光夜漫长。

出院感悟

二〇一四年一月二十六日　北京

静夜焚香自品茶，
抚松放鹤又观花。
操琴吟曲咏长调，
作赋填词羡大家。
养性修身缘悟道，
安贫守静叹流霞。
漾舟访古寻幽去，
高卧听涛效子牙。

年关有感

二〇一四年一月三十日　北京

劳顿艰辛别旧年，
弟兄姐妹又团圆。
不觉耳顺古稀至，
力保身康岁月安。
子女学成皆长大，
慈严德著自流传。
家风古朴后人继，
牟氏宗祠永续延。

古曲集萃成诗

二〇一四年一月三十一日　北京

彩云追月汉宫秋，
箫鼓夕阳动玉楼。
雨打芭蕉花弄影，
高山流水曲添愁。
平沙落雁胡儿泪，
饿马摇铃远客忧。
十面埋伏别姬去，
江湖唱晚泛渔舟。

京城春后初雪

二〇一四年二月七日　北京

春来初雪落京城，
晚客姗姗了却冬。
料峭严寒温骤降，
追回三九又冰封。
人间毕竟迎春到，
阴气难拦冰雪融。
且看冰消雪化日，
新芽杨柳弄春风。

逛庙会写真

二〇一四年二月九日　北京

庙会年年在地坛，
今年庙会似往年。
人山人海人头动，
京味京腔京调圆。
炒肝炒栗驴打滚，
绝活绝技筋斗翻。
冰糖葫芦山楂串，
炉烤地瓜分外甜。

共识春茗

二〇一四年三月二十九日　北京

茗品衫园话共识，
迷途歧路探新知。
群英毕至追晴日，
脱颖而出独秀时。
正路直行松鹤舞，
思齐化道圣贤诗。
莫嫌玄观春风晚，
四月花开亦未迟。

老同事二十七年后聚首

二〇一四年四月十七日　北京

一别却近三十载，
聚首已是鬓发白。
更有先行离世去，
岂无后辈再重来？
本为堂庙出良策，
散淡江湖亦悲哀。
亦野亦朝忧社稷，
放翁依旧戍轮台。

哀燕赵

二〇一四年四月二十三日　石家庄

燕赵悲歌久不闻，
豪杰名士了无痕。
胡服骑射灵王杳，
纸上谈兵赵括晕。
朱亥侯嬴成逸事，
灰霾毒雾[1]伴晨昏。
荆轲慷慨今安在？
荒诞离奇亦可循。

1　唐王维《夷门歌》中有“亥为屠肆鼓刀人，嬴乃夷门抱关者”之句。

为"自然之友"成立三十年作

二〇一四年五月五日　北京

虽云国在山河破，
更见城春草木枯。
天下繁衰心里系，
子孙福祸手中扶。
怀瑜献璞启民智，
身体力行守草庐。
珍爱方舟生态护，
二十余载始如初。

惯于长夜

二〇一四年五月十二日　北京

惯于长夜漫游时，
万马齐喑写我诗。
忍看友朋遭构陷，
怒发短句挺孤直。
丹青翰墨终牢记，
君子情怀举世知。
国士担当何伟岸，
杜鹃啼血第一枝。

莫名悲愤

二〇一四年五月二十九日　北京

莫名悲愤已无言，
舒缓放松聊自宽。
文弱书生降猛兽，
安邦良策解倒悬。
礼义廉耻从头记，
忠信孝仁至尾连。
笑傲平生多历练，
欣逢盛世落花前。

五月酷暑

二〇一四年五月三十一日　北京

祝融[1]威武动京城，
热浪蒸腾血脉冲。
七月未来酷暑至，
三春过尽润年行。
人间冷暖本无欲，
世态炎凉岂有情？
平淡无奇随意过，
笑谈风雨泰山轻。

1　祝融：火神。

题柳湖书院

二〇一四年六月一日　德州

亭榭楼阁傍柳湖，
虹桥画舫水平铺。
高台耸立凌霄汉，
雕像逼真盖世儒。
陋巷杏坛晨散步，
青灯黄卷夜读书。
传经解惑千年继，
一代宗师董仲舒。

夏津黄河故道感怀

二〇一四年六月二日　德州

九曲黄河故道滩，
曾经沧海变桑田。
果实累累农家慰，
枝干亭亭荫冠连。
昨日风波磨砺后，
今朝烟雨落花前。
会盟齐晋要津据，
回转乾坤若等闲。

闹市独眠

二〇一四年六月十五日　沈阳

闹市谁能高枕眠，
襟怀坦荡我安然。
热情公益家国事，
冷眼私心名利权。
官场无聊忙赘案，
江湖有意聚英贤。
平生潇洒诗为伴，
半作山翁半作仙。

安重根义士就义处有感

二〇一四年六月十七日　旅顺日俄监狱

豪杰义士今何见？
刺客雄侠已遁门。
豫让荆轲早灭迹，
悲歌绝唱未曾闻。
谈兵纸上也失色，
请客茶园欲断魂。
下气低声苟且过，
江湖难觅安重根。

周末吟

二〇一四年七月五日　北京

周末闲暇卧在床，

手持史卷内心伤。

千年轨迹仍依旧，

一脉啼痕却照常。

物欲超前徒渲染，

文明滞后备凄凉。

土豪暴富超俗艳，

瞻望迷茫遍地荒。

拍家父传记片

二〇一四年七月六日　北京

劳顿奔波逾六年，
钩沉史迹渐还原。
访谈入户三十六，
拍摄行程万九千。
跨海东瀛樱树下，
陪都西郡旧堂前。
英雄本色肖然立，
国共孑遗念故贤。

史海书山

二〇一四年七月二十八日　太原

沉浮官场任由说，
权位升迁奈我何？
把酒畅谈抒块垒，
鸣弦狂放咏悲歌。
高标耿介心胸快，
坦荡豪情壮志多。
史海书山随意漾，
且行且览旧山河。

泛舟昆明湖赠绿家园诸友

二〇一四年七月三十一日　北京

昆明湖上泛轻舟，
夜色微茫景致幽。
笛韵琴声抒肺腑，
欢声笑语展歌喉。
绿园[1]诸友时相会，
乐水[2]清波已忘忧。
十载辛劳行不倦，
江河[3]牵挂在心头。

1　绿家园环保志愿者。

2　乐水行环保活动。

3　江河十年行环保活动。

甲午七夕之四

二〇一四年八月三日　南宁

今宵又是七夕夜，
朗月疏星美景绝。
罗扇流萤扑院落，
金风玉露浸天阶。
红颜白发惜昨日，
旧梦佳期不忍别。
悦事赏心难再有，
垂年老迈叹佳节。

愁肠百转

二〇一四年八月七日　北京

愁肠百转臆难抒，
世道衰微无力扶。
苟且偷生寻自在，
苦中作乐觅舒服。
浑浑噩噩随人进，
碌碌庸庸伴犬出。
身若行尸还淡定，
心如枯井守悲庐。

有感大讲堂之类

二〇一四年八月二十二日　北京

电视专栏上镜频，
不甘寂寞守清贫。
脸熟聊混专家范，
名滥难成梁甫吟。
不痒不疼说当下，
无知无畏讲先秦。
大师泰斗随意叫，
出场赢得几两金？

悼亡兄之二

二〇一四年八月二十七日　北京

一生瞬过即翻篇，
甲子轮回叹旧年。
每忆时评天下事，
常怀感念共携肩。
往来音信忽中断，
名录机存不忍删。
短信叮咛长阅看，
亲情难舍泪潸然。

今秋

二〇一四年九月十一日　北京

四时代序又逢秋，
妹病兄亡无限愁。
叶落飘零悲讵挽，
枝残凋谢泣难留。
寒刀霜剑交相迫，
苦雨凄风岂化忧？
只念残局独自挺，
暗香遗世又何求？

自表之二

二〇一四年十月五日　北京

一生期待盼与熬，
奋力拼搏达目标。
回首丰碑历历在，
前瞻峻岭节节高。
成功喜悦心头漾，
失败悲哀脑后抛。
看准从不言放弃，
书山学海作渔樵。

自表之三

二〇一四年十月六日　北京

一生追求任奔劳，
治乱扶危独守操。
回首风波盈泪眼，
前瞻道义铁肩挑。
启蒙踏尽荆棘路，
悟道支撑独木桥。
熬到新春花蕾艳，
大千世界看妖娆。

咏北京马拉松雾霾赛

二〇一四年十月十九日早　北京

北京国际马拉松，
万众奔腾霾雾中。
若有若无呈幻境，
如痴如醉似迷宫。
半实半掩飘虚晃，
时没时出寻迹踪。
终点标封浑不见，
茫然睁眼向前冲。

怀念友人

二〇一四年十月二十四日　北京

几番晤面几聆听，
娓娓道来事理明。
博大精深知慎解，
品行端正路难行。
一生坎坷经风雨，
半世癫狂历不平。
丝尽灯枯烛泪照，
尽赢天下赞君情。

成语典故集句打油

二〇一四年十一月一日　北京

雄鸡报晓晓不至，
蜡炬燃光光未明。
布谷啄虫虫害起，
杜鹃啼血血栓凝。
愚公移山山峰立，
精卫填海海浪汹。
后羿射日日照晒，
女娲补天天仍倾。

答友人之四

二〇一四年十一月十三日　北京

东北海南万里遥，
人同候鸟两边飘。
追逐暖日当夸父，
飞跃关山似骠姚。
晚岁人生忽悟道，
摩登时代却无聊。
当年故友诗词和，
嘻笑狂吟话板桥。

尺方寸卷之一

二〇一四年十一月十六日　北京

尺方寸卷动心弦，
存灭前途万众牵。
黑夜沉沉灯聚盏，
寒风凛凛火成团。
宁鸣而死无遗憾，
不默而生有圣贤。
笔下春秋史记载，
炎黄之子卫尊严。

过冬

二〇一四年十一月十七日　北京

西风渐劲天渐凉，
草木凋零露变霜。
绒裤皮衣身体裹，
棉鞋腕套手足藏。
寒冬凛冽终须过，
腊月冰封也要扛。
待到来年解冻日，
春回大地百花芳。

自由自在自打油

二〇一四年十一月二十四日　北京

好山好水好蓝天，
能睡能吃能赚钱。
生女生儿一个样，
习文习武两相全。
看书看报知球事，
写赋写诗度日闲。
过海过洋无障碍，
种花种草缀家园。

西去列车窗口

二〇一四年十二月二日　北京

青牛西去乐游原，
紫气东来函谷关。
郑汴龙门伊洛水，
中华险隘太白山。
晋秦卫宋春秋事，
褒姒妲己祸患延。
硕鼠看仓灾祸至，
清除腐败换青天。

送别非妹[1]之一

二〇一四年十二月八日　北京

芳魂销散泪潸然，
病痛煎熬整一年。
手术台到急救室，
化疗科连太平间。
协和医院无奇迹，
癌症顽疾却反弹。
灯尽油枯人去也，
英年早逝化辛酸。

1　诗人胞妹年小非12月5日因病去世，“文革”期间，诗人父母劳改入牛棚，诗人少年就与妹妹相依为命。

送别非妹之二

二〇一四年十二月十日　北京

芳魂离散起寒风，

喋血伤心已动容。

泣泪萦牵七尺内，

手足原系一根同。

临别叮嘱弥深切，

相送吞悲旷世逢。

迈步先行随父母，

天堂聚会叙亲情。

送别非妹之三

二〇一四年十二月十二日　北京

弱冠童稚携手牵，
相依为命几多年。
比肩垂顾知长幼，
结伴呼应看后先。
父母蒙冤同受苦，
妹兄罹难未尝甜。
香消玉殒芳魂去，
世不公平我恨天。

冬至

二〇一四年十二月二十二日　北京

冬至姗然长夜迟，
追思吟咏圣贤诗。
盼春梦里花飞絮，
数九来临雪压枝。
历尽严寒风骨劲，
抒怀正气本心知。
梅兰松柏斑竹泪，
傲立霜天孤且痴。

二〇一五年　二十八首

清华百年学人书法展有感

二〇一五年一月五日　北京

毕竟清华学子高，
龙飞凤舞手挥毫。
中西合璧才情继，
近远兼攻底蕴超。
授业育人两手硬，
研经解惑一肩挑。
群星灿烂交相映，
回首百年仰舜尧。

回友人

二〇一五年二月十日　北京

神州久未见春风，

窗冻冰霜已覆城。

活力生机皆扼尽，

寒流暗夜伴残更。

枯枝败叶空无物，

荒冢孤坟频显灵。

祈盼阳光驱恶雾，

人间正道任君行。

准退休生活

二〇一五年二月二十六日　北京

一杯一卷一姨婆，
退后清闲乐趣多。
尘世嘈杂关户外，
草庐幽静傍书桌。
有时伏案书诗作，
偶尔开喉放旧歌。
回首沧桑少憾事，
妻贤子孝复如何？

乙未春雪之二

二〇一五年二月二十八日　北京

梨花早绽又如何？
鳞甲斑驳片屑多。
王母玉皇翡翠碎，
瑶池御辇珍珠磨。
飘飘落落随风舞，
洒洒洋洋伴雾歌。
俯视人寰混沌状，
苍茫无绪向谁说？

致友人酒后真言

二〇一五年四月八日　北京

酒桌即兴放歌喉，
打诨插科已忘忧。
吐露真情犹可爱，
抒怀本质亦难求。
是非善恶心中称，
功罪曲直史上留。
谁道优伶无正义，
秉持知性记春秋。

尊严无价

二〇一五年五月三日　湖北宜昌

生命有涯任去留，
尊严无价谱春秋。
公平至上自由在，
正义唯高民主求。
志士仁人难忘却，
前赴后继誓同仇。
沙丘土坝岂能阻，
历史波涛巨浪流。

观波兰话剧《伐木》杂感

二〇一五年五月七日　北京

优伶之死引奇谈，
始悟生活是谎言。
社会浸蚀心散淡，
灵魂孤傲命危悬。
窒息节奏添压抑，
别类剧情涌巨澜。
玲玉[1]云珠[2]浮眼际，
娜拉[3]走后赴黄泉。

1　玲玉：指阮玲玉。民国期间电影女明星，1935 年服毒自杀。

2　云珠：指上官云珠。大陆电影女星，“文革”期间跳楼自杀。

3　娜拉：挪威戏剧家易卜生作品《娜拉出走》女主角。

题黄仲则[1]

二〇一五年五月二十二日　常州

而今最惧秋风起，
九月严寒未剪衣。
贫病交加留驿站[2]，
交心换命念亮吉[3]。
他乡异域忽仙逝，
故里乡亲忍弃遗？
誉满京华声望在，
旧宅观后泪凄凄。

1　黄仲则：清代诗人，常州人氏，诗坛负有盛名。

2　驿站：古时交通接待中转站。

3　亮吉：指洪亮吉。清代诗人，黄仲则挚友。

不忍股市

二〇一五年七月八日　北京

天下滔滔论股灾，
一生积蓄变尘埃。
寡头铁幕操盘舞，
大户黑箱暴利来。
昨夜蒸发亿券股，
今朝牢套万家财。
小民血汗成流水，
巧取豪夺社稷哀。

京郊友人别墅小憩

二〇一五年七月十二日　北京

燕蓟青山景致幽，
村庄尽处少田畴。
嘈杂零乱离聪目，
宁静清新润肺喉。
周末客居五柳院，
假期豪饮太白楼。
醒来四面窗纱绿，
神侃闲聊已忘忧。

酷暑遐思

二〇一五年七月十三日　北京

身在蒸笼盼冷宫，
清凉安逸享从容。
无须仰视龙颜面，
有空遐思剩女情。
作赋吟诗出丽句，
操琴谱曲化仙声。
神怡气爽何其乐，
夜色天阶卧看星。

题腕带计步表

二〇一五年七月十九日　北京

跑步爬楼一览收，
脉搏血压幕屏留。
寸方腕上显康健，
咫尺心中防患忧。
冷暖自知须自保，
儿孙减负即减愁。
按时提示无松懈，
虽老犹勤壮似牛。

观老电影《知音》[1]有感之一

二〇一五年七月二十八日　北京

油瓶既倒无需扶，
野火狂烧不必扑。
末世来临无救药，
前程难料断归途。
暴民蜂起人头落，
华夏倾颓噩运伏。
上下五千劫数尽，
当今洪宪欲出炉。

1 《知音》系二十世纪八十年代一部描述蔡锷讨伐袁世凯称帝的影片。片中，王心刚和张瑜分别饰演蔡锷和小凤仙。

贵阳行

二〇一五年七月二十九日　贵阳

老友新朋聚筑城，
夏凉清爽趣横生。
胸怀社稷忧天下，
心系黎元念晦明。
甲绣楼前勤徜徉，
花溪河畔细倾听。
俊杰所见多相似，
西南到处有精英。

六十初度之三

二〇一五年八月五日　北京

甲子人生若等闲，
蹉跎岁月岂如烟？
十年劫难留伤痛，
三载饥荒落病残。
边塞充军劳役累，
京华府吏案牍艰。
酸甜苦辣皆经历，
回首沧桑一瞬间。

酷暑遐想

二〇一五年八月六日　北京

谁云七月天流火，
空气凝铅铁化坨。
狂躁焦急习性暴，
闷烦憋堵怨尤多。
凉风不至心难爽，
秋意全无热又灼。
盼想瑶池席枕卧，
流萤小扇泛银河。

谢友人赠生日礼物

二〇一五年八月七日　北京

三阳开泰蒙卿赠，
半世知音故友情。
常忆当年携手战，
更怀往日并肩行。
紫坪大坝同倾挡，
鱼嘴长堤共叫停。
维护还原生态美，
坚持环境水天清。

咏苏武

二〇一五年九月二十一日　北京

北海节旄秋复春，
年年岁岁侣羊群。
一心归汉抒忧怨，
独手操琴感赋吟。
南望中原音讯杳，
远瞻华夏祸端深。
萧墙铁幕何时解？
谁念忠良贤圣人！

奉和怀川堂兄

二〇一五年九月二十五日　北京

不觉荏苒五十年，
半世相濡携手牵。
别却神州远羁绊，
移居海外再执鞭。
深研屈贾赏李杜，
撰写鸿文誉杏坛。
时有七言和五律，
弟兄酬唱赛神仙。

乙未中秋杂想之二

二〇一五年九月二十九日　北京

佳夜婵娟千里外，
冰心一片玉壶盈。
关山流泻波光淌，
霜露升腾翡翠凝。
窗户捣衣遥浸月，
边关远戍动离情。
相思锦缎斑竹泪，
似水如银枕上行。

儒家论道

二〇一五年十月一日　北京

济世安邦怎大同，
儒家论道问秋风。
三纲执鼎五常继，
诚信当先礼义通。
文质彬彬为上策，
干戈了了尚中庸。
从周盟会商国是，
圣王相交君子行。

致屠呦呦女士

二〇一五年十月八日　北京

食野之苹[1]听鹿鸣，
呦呦一啸诺坛惊。
耕耘默默五十载，
奉献殷殷半世情。
院士名流皆汗颜，
无言桃李自蹊径。
寒光暗夜冲牛斗，
荒漠甘泉垄上行。

1　取《诗经 · 小雅 · 鹿鸣》“呦呦鹿鸣，食野之苹。我有嘉宾，鼓瑟吹笙”。意为屠呦呦不同凡响。

禅林行

二〇一五年十月十八日　福州

俗界恩仇积怨深，
见佛即拜撒银频。
愿凭罗汉除忧愤，
只盼神灵慰素心。
香火盛燃迎供奉，
经书默念苦修身。
禅林名刹法轮转，
仰望十年面壁人。

网络鸡汤打油

二〇一五年十月二十一日　北京

网上鸡汤已滥殇，
小资情调诉衷肠。
无非闺蜜知心语，
或是同窗规劝章。
嗲气嗲声空议论，
原汁原味慢嚼尝。
皆云世界如此好，
遇点挫折不要慌。

京城初雪

二〇一五年十一月五日　北京

洒洒洋洋舞步轻，
玲珑初雪降京城。
槐枝柳蔓梨花落，
屋顶房脊粉黛凝。
秋色未绝冬日近，
严寒忽至冷风行。
气温急剧垂直下，
凛冽肃杀意未停。

赞老同学网聊

二〇一五年十一月十九日　北京

同窗学友忆年轻，
微信闲聊叙故情。
祖母携孙舞广场，
大妈种菜讲真经。
养生修性常年乐，
健体强身早践行。
助女帮儿疼老伴，
夕阳依旧映天红。

退休与儿子订婚双喜临门

二〇一五年十二月十二日　北京

今日收得二纸文，
半生辛苦一书存。
光荣离退归乡梓，
尽兴休闲赴野村。
眼见儿郎携女友，
心怀喜悦盼佳音。
大洋彼岸耕耘苦，
远见卓识教子孙。

告别职场

二〇一五年十二月三十一日　北京

超龄服役半年多，
今日回家获解脱。
畅饮闲聊两不误，
公文杂事一边搁。
游山逛水全凭趣，
作赋吟诗细揣摩。
书画琴棋须学会，
拜贤访友乐如何？

二〇一六年　一十四首

入群网聊

二〇一六年一月九日　北京

终天埋首在群中，
关注聚焦各不同。
手抢红包分老少，
心怀黎庶论纵横。
庙堂物欲穷通事，
市井人情冷暖风。
养性修身多雅趣，
平生网络又相逢。

生命旅程

二〇一六年一月二十七日　北京

一生多在旅途中，
性命不息脚未停。
赤县神州皆走遍，
亚非欧美觅行踪。
景观名胜如仙境，
宗教习俗有异同。
普世情怀人类颂，
全球荡漾自由风。

八大胡同[1]之一

二〇一六年二月十二日　北京

烟花柳巷布南城，
倜傥风流忆粉红。
襦带轻剥怜弱蔓，
罗裙慢解诱狂生。
管弦弹奏丝竹调，
琴瑟和鸣伉俪行。
席枕巫山云雨过，
柔情似水梦无踪。

1　指旧时北京烟花巷柳之地。

世态炎凉

二〇一六年四月二十二日　北京

茶走人凉快收杯，
落井下石多几回。
不晓雪寒谁送炭？
只识墙倒众人推。
过河桥在留何用？
卸磨驴亡任倒霉。
鸟尽弓藏随意事，
投机莫问是与非。

赠病友赵文津院士

二〇一六年四月二十五日　北京

老骥伏枥病在床，
笔耕不辍著文章。
殷怀地震提前报，
忧念羊亡事后忙。
学术研究须缜密，
出台方案要疗伤。
京津联袂依托冀，
一体繁荣乐未央。

赞巾帼友人

二○一六年五月七日　北京

铁肩道义赞巾帼，
剑胆琴心感慨多。
力挽狂澜除恶鬼，
搏击罪孽斩妖魔。
草原骏马经风雨，
党校朝霞奏凯歌。
险峻关头拍案起，
民族脊柱壮山河。

丙申端午悼屈原

二〇一六年六月九日　日照

信却见疑遭怨尤，
忠而被谤惹哀愁。
妒贤贝锦蚊蝇噪，
绝望沉江命运休。
糯米雄黄酹酒祭，
汨罗鼙鼓赛舟游。
怀瑜抱瑾千年颂，
骚体传承万古留。

三立之行[1]

二〇一六年六月十二日

赞美拉黑不必求，
还原真相岂心忧？
光明正大无私欲，
泾渭分明本色留。
在晋董狐扛巨笔，
居齐孔子著春秋。
丹青史册传承后，
三立之行一脉收。

1　古贤云：人生三立即立德、立功、立言。

英公投杂感

二〇一六年六月二十五日　北京

公投分晓已脱欧，
民意执着不可留。
首相辞职成定论，
英伦浓笔绘春秋。
关门闭户守孤岛，
少管多拿免困忧。
海角天涯日不落，
辉煌旧梦忆风流。

丙申中秋之二

二〇一六年九月十六日　北京

中秋明月望团圆，
念妹思兄泪未干。
八口家庭已故半，
百年基业渐凋残。
恒天空旷白如水，
碧野萧疏夜似年。
无奈举杯杯已尽，
混沌落寞见秋寒。

月饼元宵

二〇一六年九月十九日　北京

品尝月饼煮元宵，
正月中秋走两遭。
玉露金风传爽籁，
旱船歌舞踩高跷。
千年十五佳节至，
万户对联笔墨描。
财宝盈箱粮满囤，
太平盛世梦逍遥。

夜雨秋思

二〇一六年十月六日　北京

绵绵秋雨浸纱窗，
沥沥滴声永夜长。
陋室蜗居温度降，
寒衾薄絮透心凉。
残灯枯坐添愁绪，
蟋蟀悲鸣叹露霜。
伏案疾书销块垒，
涂鸦满纸诉忧伤。

读《百年张家》

二〇一六年十一月十二日　上海

謇詧[1]伯仲两昆仑，
从教从商启后人。
振业兴邦开智力，
毁家救世济乡亲。
百年接力群贤涌，
四代耕耘功底深。
可泣可歌抚卷作，
士林享誉溢清芬。

1　张謇张詧兄弟，皆南通人士，清末民初中国实业家。

赞《山东敌后根据地人权保障条例》[1]

二〇一六年十二月十日　北京

人权保障发条例，
七十余年始见奇。
漫漫神州上万载，
堂堂华夏数第一。
先知主政扬民主，
家父为官驻鲁齐。
石破天惊领世界，
联合国里久存栖。

1　家父1940年担任山东沂蒙抗日民主政权负责人时，曾参与《山东敌后根据地人权保障条例》的制订工作，此条例于当年11月11日颁布实施，这是中国第一部人权保障条例，比联合国人权宣言还早6年。现原稿在联合国人权组织档案馆，纳入《世界人权约法通览》。

二〇一七年　一十三首

小楼听雨

二〇一七年四月十五日　北京

小楼听雨赖残荷，
泼墨挥毫感慨多。
骚客吟诗抛璞玉，
流人放浪泛清波。
江河湖海扬帆棹，
书画琴棋伴酒歌。
大梦南柯终日醉，
余生聊度奈如何？

退休生活

二〇一七年四月二十七日　北京

退后天天逛紫竹，
小园春色水平铺。
徐行万步身心爽，
伸展四肢腰腿舒。
楼榭亭台随意入，
华章美句忘情出。
微风细雨花开落，
燕子衔泥筑草庐。

怀念先父

二〇一七年四月二十九日　北京

四十二载总牵魂，
先父遗德启后昆。
民主长堤[1]锁巨浪，
人权条例见精神。
音容笑貌时时见，
身教言传每每闻。
慈爱关怀常入梦，
激发壮志建功勋。

1　家父年宜之抗战期间担任沂蒙专员时，于1941年4月带领根据地群众奋战三个月，修成了一道五公里长的拦河堤坝，使位于沂河、大汶河交汇处下游的沂南县十里八乡从此免受千年不绝的水患之害。由于此项工程是民主决策，每方土、每块石料、每个工的支出都公布于众，精确到分，并镌刻在碑上。故家父命名此堤为“民主堤”。现列为山东省抗战一级文物。

微雨初来

二〇一七年六月十四日　北京

霏霏细雨满天扬，
款款深情凝碧妆。
午睡梦酣竹榻卧，
微风吹透绿纱窗。
陈香缭绕书房暖，
古镜清幽岁月长。
远处轻雷如乐起，
小楼独上泪沾裳。

中秋前夜游北戴河东山宾馆

二〇一七年十月二日　北戴河

清风明月望东山，
俯首波光云海间。
桂室兰宫庭院静，
楼阁台榭步行闲。
松涛阵阵秋声起，
潮涌层层白浪掀。
远眺中天寻玉兔，
婆娑起舞梦婵娟。

兄弟七十年首次团聚洛杉矶海滨观日感怀

二〇一七年十月十二日　洛杉矶

信步登临观景台，
背山面海浪花拍。
水天一色无涯际，
兄弟五人皆俊才。
摇指故乡观日落，
置身异域表心怀。
亲情骨血浓于水，
祈祷明年又聚来。

丁酉重阳

二〇一七年十月二十八日　昆明

只缘遮蔽便登高，
眼界渐开视野遥。
多彩人生追绚丽，
老夫聊发展风骚。
赏菊品酒吟诗赋，
怀旧插萸笑尔曹。
盛赞夕阳无限好，
晚霞天际更妖娆。

中国导游

二〇一七年十一月七日　迪拜

带团领队小旗挥，
攘攘熙熙来聚围。
约法三章守纪律，
同行一路莫生非。
乘车入座多谦让，
游览参观紧跟随。
吃饭喝汤声要小，
大国形象勿相违。

黄沙碧海

二〇一七年十一月十三日　摩洛哥

一日长飞万里遥，
舷窗之外彩云飘。
黄沙碧海眼前过，
西亚北非脑后抛。
直布罗陀隔岸望，
教堂礼拜圣钟敲。
安魂神曲声缭绕，
净化心灵惜羽毛。

西亚北非总观

二〇一七年十一月十四日　摩洛哥

西亚北非十日游，
地中海畔度春秋。
千年古堡灵魂在，
一脉精神韵味收。
宗教传承入血液，
文明进化载方舟。
悠悠历史说不尽，
弯弯星月挂城楼。

物品丰盈

二〇一七年十一月十五日　摩洛哥

老夫忽意北非行，
满目新鲜风土情。
朗诵经文传市井，
清真寺庙立苍穹。
长袍广袖遮头盖，
铜碗银壶饰饭厅。
仪礼习俗皆现代，
橱窗商品见丰盈。

钱塘乏舟

二〇一七年十一月十八日　杭州

两瓶老酒数人喝，
一曲清歌唱几何？
西子湖边临细雨，
钱塘江里泛舟舸。
陈词慷慨抒豪兴，
故友重逢诉旧说。
满目波光接月色，
秋香桂子树婆娑。

小雪初晴

二〇一七年十一月二十二日　北京

小雪初晴节气深，
围炉夜话意沉沉。
寒风凛冽吹京畿，
美酒香醇赠故人。
捧卷品诗识韵律，
挥毫落纸羡奇文。
哼吟随口无心问，
不晓师出哪一门？

图书在版编目（CIP）数据

牟广丰诗. 二集 / 牟广丰 著. — 北京：东方出版社，2018.1
ISBN 978-7-5060-9737-6

Ⅰ. ①牟…　Ⅱ. ①牟…　Ⅲ. ①七言律诗－诗集－中国－当代
Ⅳ. ①I227.7

中国版本图书馆CIP数据核字（2017）第264259号

牟广丰诗：二集
（MUGUANGFENG SHI：ER JI）

封面题字：邵燕祥
作　　者：牟广丰
责任编辑：陈　卓
责任审校：谷铁波
封面设计：周伟伟
出　　版：东方出版社
发　　行：人民东方出版传媒有限公司
地　　址：北京市东城区东四十条113号
邮　　编：100007
印　　刷：北京联兴盛业印刷股份有限公司
版　　次：2018年1月第1版
印　　次：2018年1月第1次印刷
开　　本：700毫米 × 1020毫米 1/32
印　　张：11
字　　数：110千字
书　　号：ISBN 978-7-5060-9737-6
定　　价：52.00元
发行电话：（010）85924663　85924644　85924641